MEERUT CRIMES

SUMEET KUMAR

Copyright © Sumeet Kumar
All Rights Reserved.

Sumeet Kumar

Sumeet Kumar , A adult who experiences many phases of life , a well known writer and a writer of new era . In reality he is a writter as well as singer (as a hobby) and a standup comedian . Very exciting and interesting fact about him is that he is author of New era i.e. he starts his journey of writing at the age when he was going to schools to get the study . His streak of 100 books will be the great achievement for him in future. His some famous works i.e. Maturity Of Love (Genre - Love),Privacy For Dream (Genre

- Middle Class), Army Squad ofLove (Genre- The Seperation of Army Love), 5 Days of Love(Genre- Temporarily Love), Th e Endearment Of Love(Genre - Historical Era Of Love), Social Destruction Indo-Pak (Genre - The Story of The Love At The Time Of Division Of India And Pakistan), Middle Class Soul (Genre - The Dreams of Middle Class), The Accursed Kanatpur (Genre -The Horrific Story Of A Village), Wrong Number (Genre -The Suspenseful Physco Killer Story), The Secrecy OfDeadly Midnight (Genre - The Suspense About a Crime),Fragile Religious Of Death (Genre- The Death Of A TrustfulPerson), Nature Vs Science (Genre - The Future Battle Between Nature And Science In A Horrific Way), Generic Man (Genre - The Dream of I.I.T), The Unconsious 12 Hours(Genre - The Illusion At Stage Of Comma), The StrangeBurden (Genre - The Burden Of Love) , Her Existence (Genre- The Female Pain In The Society) , Jockstrap Prize (Genre -The True Story Of A National Athlete) , H Man [Hindi] (Genre - Superhero Tragic Story), H Man [English] (Genre - Superhero Tragic Story) , Maturity Of Love [Englsih] (Genre - Love) and many more are available on various geners on the offcial platform of **Amazon, Flipkart and Notionpress**. You can buy them from there.

Contents

Acknowledgements

Aman Kumar

Special Thanks to **Aman Kumar** who worked so hard in the preparation of this book. He has continually put with my passive voice, omission of words, and late night calls. You have been wonderful. Thanks to him for his precious time in reviewing proposals , individual chapters and early drafts, along with his suggestions on the applicability of the material to the world.

I
THE GRAVITY OF CRIME

Kehte hai waqt ki keemat hame tab samjah aati hai jab apne rsihte bhi sath chhod dete hai jab ham kishi burre halat mein khud ko sambhalne ki koshish karte hai ,ye karm ki dharm ki baateion vhi karte hai jiski insaniyat ush falak per rehti hai jaha ki pechaan hee ek ranjish hai ,aksar jinki fidrat cehre ki talim seh saaf dikhayi deti hai vhi aksar ek aishe jurm ki sururaat karte hai jishe cahh kar bhi ham apne jehan seh kabhi mita nahi sakte ,dard aur jhakm jaiseh ek dusre ke behad kareeb hai ushi tarah insaan ki soch aur uski fanna bhi ek dusre ke behad kareeb hai ,kyunki ish duniya mein manav jati ki soch kabhi ek rahh per nahi rukti vo ish prithivi ki hee tarah har jagah ghumte rehti hai ,jaha ushe acche halat bhi milte hai aur burre bhi ,per kuch logg aishe bhi hote hai jo unhe apne pesha bana leta hai ,matlab vypyaar , aur ush vypyaar ki sururaat tab hoti hai jab jehan mein farogh ki sururaat hoti hai , yeha logg kehte hai ki jo saksh ameer hai vo aur ameer hote ja rahe hai aur jo gareeb vo aur gareeb hote ja rahe ,aur jo ye baateion bolte hai vo na toh ameer hote hai aur na hee gareeb kyunki unki soch pehle tay hai ,jo saksh apni zindagi mein aage badhne ki talim hassil kar chuka vo bhale peeche kyun aayge ,kyunki ush saksh ne waqt ke sath sirf apni majbooriyan nahi dekhti hai ,apni vo behshumaar daulat bhi dekhi hai aage badhne ki ,toh vo ushe chhodkar kishi aishi manjil per kyun jayega ,jaha na toh vo khush reh payega aur na hee aage badh payega ,kuch logg bahut ameer hote kyunki unke pass daulat hai ,bangle hai gaadiyan hai ,aur agar dusri taraf agar ham dekhe toh jinhe samaj ki soch mein ek aishi jagah mili hai jisse vo cahh kar bhi kabhi nikal nahi sakte matlab ush samaj rekha ko parr nahi kar sate hai ,per vo ye bhi jante hai ki unke muqable vo apni mehfil mein kitne ameer hai ,kyunki unke pass behshumaar daulat bhale hee na ho per unke pass vo mohbaat hai ,vo sukoon hai aur sabse badi cheez mehnat ki daulat hai jisse ish duniya ki har vo cheez kharidi ja sakti hai .

aajkal log ye bhi kehte hai ki ham paisho seh kishi ke pyaar ko bhi kharid sakte hai agar aishi baat hai toh ush ma ki mamta kyun nahi kharidi jaati , pyar ek aishi cheez bilkul nahi hai jo bazaro seh kharidi jaye ,kyunki ye kishi dukan mein rakhne valli ye bikne vali 100 ye 150 valli koi cheez bilkul nahi hai .

mein ye baateion kyun keh raha hun ? kya matlab hai en sab ka ? aur ye ish ush saksh ki kahani seh kyun judi hui hai aur iski aishi khairat mein kyun shamiil kar raha hun ?raheshya toh kayi hai per ish baar inki sachai kishi parde ke aage nahi parde ke peeche dikhne valli hai .

"AGAR
MEIN DHARM
KO MANTA TOH
INSAAN
SABD NA
JANTA

BHAI BEHNO
KE RISHTE
TOH HOTE
PER MEIN
KHUD KO
NA PECHANTA

PAASBAAN
KI TARAH
ZINDAGI
TOH KATT
RAHI

KHWAAB
TOH PURRE
HAI
PER
NOOR
KI JAGAH
NAHI ."

khair jish saksh ke baare mein aap sab ko batane vala hun uski muraad bhi sacchi hai aur kahani bhi per iski khabar kishi ko nahi hai kyunki iski har ek cahat hee kishi ke maut seh hui thi .

MEERUT (UTTAR PRADESH)
19 JUNE 2004

mein ish tqreeq ki likhawat en panno mein ishliye likh raha hun kyun jish saksh adhuri kahani mein aab sab ko batane vala hun ,ye jish jrm ki khawish mein likhne vala hun vo ishi tareeq seh hui thi , meerut shahar seh kayi log waqif hoge aur kayi log yeha ghumne bhi jaate hai aur rehte bhi ,waiseh ek bata dun ki ish shahar mein lagbhag 17 lakh ki aabadi hai yeh sayad usse bhi zyada hai ,per en sab mein ek baat sadhran hai ki ye apne shahar meerut ko toh chhod sakte hai per meerut inki yadeion seh kabhi durr nahi ja skata ,kyunki baat agar sirf ek sahar ki hoti toh sayad vha ke logg ish chhod bhi sakte thhe ,merte kehne ka matlab hai ki vo iski yaadeion ko khud seh durr bhi kar skate hai ,per baat sirf sahar ki nahi hai ,bhaavanaen ki hai , un yaadeion ki jo hamne banayi hai ,aur hamare purvaazo ne jish chingari ki sururaat ki thi vo bhi angrezo ke khilaf 1857 mein aab vo aag bann chuki hai ,aur kya hee meerut ki baare mein ,meerut vo sehar hai jaha ma yamuna ki yaadeion aur kali nadee ki prachand bhaavanaen judi hai inke prabhav seh ,jish jal ko ham grahan karte hai ye unhi khairat hai ,aur yeha ki mithaayiyaan jo apki zindagi mein mithash bhar de ,mein yeha kishi aur ki baat nahi kar raha mein ush rewri gazak ki hee baat kar raha hun jsihe dekh bash mann karta hai khate jayo , waiseh agar apne sehar ke baare mein batane laga toh purri umaar bhi kaffi paregi ,meri ish aatmkatha mein kuch nayi baateion nayi baateion nahi judi hai ,jaiseh sab ki zindagi aam hoti hai ,aur sapne aam hote hai ushi tarah seh mere bi sapne thhe ,kyunki kya karu middle class ka ladka hun toh sapne bhi utne hee dekhta jitni inki haqqeqat mujseh waqif ho sake hai ,ush falak ki talab nahi hai mujhe aur na hee mein koi bada insaan banna cahat hun ,kyunki kishi ki sikh aab bhi ish jehan mein yaad hai ,matlab mere pita ji ki ,kyunki bachpan seh jo bbhi talil mujhe mili hai vo unhi ke baudaulat mili hai ,unke asool ,unki baateion ,unka aadarsh aur unka ghamand bhi mein hee hun ,ye baateion mein bilkul nahi kehta ,ye toh hamari ma kehti hai , waiseh mere pita ji utne ameer toh nahi hai mere har ek sapno mein ek aishi udaan shammil kar de jo kuch waqt mein hee haqqeqat ke ush falak ko tham le jiski mujhe zaroor hai ,per ek baat hai jo mein kehna cahta hun unke baare mein jo maine kabhi nahi kaha unse ,aur sayad jab tak unhe ye likhwat milegi tab tak mein ish unki zindagi seh behad durr chala jayunga , aur sayad meri ruhh bhi mere sarrer seh alag kar di jaygei ,per ish aehsaash mein darta nahi hun kyunki pita ji hamse har baar yehi baateion kehte thhe ki jab bhi kuch ish tarah seh tum mahasoosh toh ush waqt ye samajh jana ki tumne jo bhi kiya hai cahe vo apne liye yeh kishi aur ke liye vo bilkul sahi hai ,sayad unki baateion sahi thi kyunki bhale hee samaj ki najron mein maine jo bhi kiya hai vo sayad kaffi hadd tak galat hai aur sahi bhi ,kyunki ye ek aishi manjil hai jiski sururaat un do raaho seh mujhe jodti hai jisse mein behad anjaan hun , isse pehle ki mein ush maut ki cahat bann jayun mein apni vo adhuri baateion batana cahat hun jo maine kabhi kishi seh nahi ki sivaye khud seh .

waiseh maine apni barbaadi ki tareeq bahut pehle hee tay kar di phir bhi jish cheez ki sururaat maine ush waqt ki thi uski khairat aur tarreq phir seh likhni zarrori hai ishliye jish din maine apni barbaad apni aaankheion seh dekhi thi uski tarreq 19 june 2004 hai , ghar mein sab kaffi khus thhe ush din ,ma aarti ki tahli lekar aayi thi aur papa sab ye keh rahe thhe ki mere AKSHU ko naukri mill gayi hai ,ush din unhone purre mohalle mein mithiyyian baati thi vo itne khush thhe ki unki khushi dekh kar mere aasyun nikal rahe thhe ki matlab koi ish hadd tak kishi seh pyar kaishe kar sakta hai , ush waqat papa mere hathon ko tahm har kishi ke darvaje per jakar yehi bolne ki koshish kar rahe thhe ki akhir mere sapne purre ho gaye ,ush waqt unke sab bhale hee alag thhe per unki bhaavanaen ,aur jo vo mahasoosh kar rahe thhe vo unki aankheion seh saaf dikhayi de raha tha , jab koi saksh apni zindagi mein kamayaab hota hai toh vo ush sab seh yehi kehta hai ki meri mehnat aur meri lagan hee mere kamayaab hone ki asli pechaan hai ,ye vo kehte har mard ke peeche ek aurat ka hath hota hai ,per mein syad ush din pehli baar en baateion ko jutha savit karne cahta tha kyunki mere peeche un dono ke hath hai jihone mujhe mamta bhi di aur ek acchi talim bhi , ek middle class parivaar mein jab kishi ki bhi naukri lagti hai toh vo bakki ke sadasyo ke liye ush waqt kishi tyohaar seh kaam nahi hoti , aur vo mere parivaar ke liye ush waqt kishi tyohaar seh kaam nahi thi , per kehte hai na har tyohaar ki ek khasiyat hoti hai ki unki khushyian bhi ek mehmaan ki tarah hoti hai jo kuch pal ke liye apki mehfil aur aapke aagan mein rahegi uske baad vo ek mushafir ki tarah apke ghar ko chhodkar kishi aur ghar chali jaati hai ,vo bhi ek aishe ghar mein jaha ki deeware bhi un veeran raaho seh judi hoti haia jaha ham cahh kar bhi apne kadam nahi rakh sakte , ushi din maine ek hee pal mein purri duniya dekh li thi vo bhi apni papa ki aankheion mein per ush waqt kuch jhakmo seh waqif nahi tha jo mujhe hisse mein milne vali thi jiski khairat na maang aur na hee kabhi cahat ki thi ,kyunki hamari kismat hame un raasto seh muqabil karvati hai jinki manjil na toh hamare hisse mein kabhi maujood thi aur na hee ham unke rasto per chalna cahte hai , phir bhi unnki sururaat hoti hai aur un raasto ke aant bhi hote hai per iski khabar kishi ko nahi hoti ,maine apni saari khushiyan ush waqt apne papa ke aankheion ke aankheion mein dekhi thi ,jish tarah vo sabse baateion kar rahe thhe , sabs ye keh rahe thhe jo ki maine nahi kiya aab vo mera akshu karega ,mera beta karega , jish aashiyano ki buniyaad maine anhi banayi hai aab vo mera akshu banayega ,aur aab mujhe kishi cheez ki chinta nahi hai kyunki aab meri majbooriyon aur mere ghar ke halaton ko sambhalne ke liye mere beta hai ,mere akshu hai , waiseh na toh maien apni pechaan batayi hai aur na hee apne parivaar ka ,khair agar iski sururaat ho chuki hai hai toh baap sab ko apne parivaar seh mila hee deta hun , RAJESH PATHAK jo ki hamar ghar ke sardaar hai matlab mere papa aur meri purri duniya ,LATA PATHAK jo ki meri ma aur hamare rishte aur ghar ki buniyad bhi ,SAMAR PATHAK jo ki mere ghar ka vo saitaan hai jinse ham sab behad pyar karte hai ,matlab meri ma ka ladla beta aur mere papa ki jaan aur mere khushiyon ka haqqdaar bhi ,bash yehi meri chhoti shi duniya hai ,papa waiseh peshe seh ek ticket collector hai vo bhi railway mein aur meri ma ek housewife ,aur hamare ghar ka saitaan jishe padhaiye mein kaam aur balle ki dhunn aur gend ki dhun zyada pasand hai matlab vo cricket kaffi khelta hai matlab bachpan seh hee usne ye than liya hai ki vo ek din bahu bada crickter banega , mere sapne kch bade nahi thhe per meri umeed badi thi ,papa mujseh har waqt yehi kehte thhe ki ki bhale hee tumhari naukri chhoti kyun na ho ye unmien paishe kam kyun na ho ,per jish kaam ko bhi karna vo ijjat ke liye karna ,kyunki isse badi kamai na toh tumhare apne hisse mein milegi ,aur na hee isse badi kamayabi kishi ko zindagi mein naseeb hoti hai , papa ke vhi shidhnat abhi bhi dil mein hai , janta hun ki aab vo mamta nahi hai phir bhi ek cahat hai ki meri duniya bhale hee ek din ke liye hee sahi per pehle jaishi ho ,aab vo baateiob batane jishe na toh meri fidrat manti hai aur na hee meri riwayat .

ush din jab purre mohalle mein ek jash ki tamana shammil thi vhi dusre taraf meri mehfil badalne vali thi , waiseh iski sururaat ush saksh jiski duniya mujseh behad alag thi aur meri bhi duniya usse behad alag thi , waiseh ush saksh ka naam jahir karna chat hun jisne meri khushiyon ki chadar ko ek pal mein hee ush kabr ki riwayat di thi jishe mein cahh kar bhi apna nahi sakta tha , jab papa purre mohalle mein meri baateion kar rahe thhe toh ushi waqt hmare ghar mein ek aishe saksh ne ke pau hamare khushyion ki un mehfil mein pare dekh kar vo ke har ek kamro ke darvaje band hone lage ,na toh mein ushe janta tha ,aur na ma ne ushe kabhi dekha tha per papa jo ki khushi vo ek hee pal mein gam mein badal chuki thi , puure mohalle mein ek aishi khamoshi ki parchai ush waqt bash chuki thi jishe mein cahh bhi kar bhi samajh nahi pa raha tha ,aur papa usse itna kyun durr rahe thhe ,aur vo itne khamosh kyun thhe ,kaun tha vo saksh aur vo mere papa uske samne ser jhukaye hue kyun khade thhe ,kyunki maine pehli baar aishe apni purri zindagi mein aishe halat dekhe thhe ,kyunki isse pehle papa ne kabhi bhi kishi ke samne yeha tak hamare liye bhi apna ser nahi jhukaya tha ,aur kaun ye CHAUDARY DHARAMJIT SINGH aur uske naam ke peeche kaun shi ranjish chupi hui hai ,maine ush waqt papa seh kayi baar pucha ki papa ye kaun hai ?,papa mujhe ush waqt bhi yehi bol rahe thhe kuch nahi beta ,tu ghar ke aandar ja ,maine phir bhi koshish ki puchne ki per unhone ush waqt bhi mujseh kuch nahi kaha ,vo bash itna bolte rahe ki bash abhi aandar ja mein thode der mein aata hun , sayad mein anadar chala jata ush waqt toh mere halat aishe na hote , per agar chala jata toh mere parivaar ke jo halat pehle thhe vo sayad ush din na hote , ma pehle seh hee aandar thi per samar bahar tha ,vo ush waqt practice session seh wapas hee raha tha ki papa ko jab usne ghutne per dekha aur vo bandook dekhi vo bhi unke ser per toh vo ush waqt khudn ko sambhal nahi paaya aur apne bat seh usne chaudary dharamajit singh per uske ser per marr diya ,isse pehle ham ushe bachane ki koshsih karte ye isse pehle papa ushe raukne ki koshish karte usne vo beshummaar mohabatt unke liye ush waqt dikha di thi ,bachpan seh mer aur uske shidhant alag nahi thhe per kehte haio kuch cheez aishi bhi hoti hai jo khoon seh alag hoti hai , dharamjit singh ki jab maut ho gayi toh papa bahut darr chuke thhe vo ush waqt bash samar ko peet rahe thhe aur ush bol rahe thhe aur ham sab ko yehi bol rahe thhe ki jaldi seh apne saari zarrori cheeze nandh lo kyunki ham ish sehar ko chhod kar ja rahe hai , na hame ye baat ush waqt pata thi aur na hee ma ko ki ye ho kya raha hai ,ish baat seh ham anjaan nahi thhe ki ham kishi mushibat mein fash chuke hai ,matlab dharamjit singh ke maut seh hai , kyunki uski maut mere chhote bhai ke wajah seh hui thi ,jo ki abhi ush waqt nabalik tha , aur sayad ush waqt mein ye bhi nahi smajah pa raha tha ki aisha kya hua ki samar ne ushe marr he dala ,kyunki ham sab anadar thhe per papa aur samar ush waqt bahar thhe ,matlab aishe kaun seh halat ush wqaqt aa gaye thhe vo bhi kuch hee der ke liye jab mein aandar gaya tha , ek taraf police ka daar aur dusri taraf ek aishi jung ki sururaat jo ek tarfa thi ,aab iski sururaat kish mehfil mein hone vali thi isse ham anjaan nahi thhe ,papa bash ham sab ko ush halat seh nikalane cahte ishliye unhone sirf hamare kapde aur zarror cheez hee bandhi ,per khud ki nahi ,aur mujhe bash itna kaha ki ho sake toh yeha laut kar kabhi matt aana aur apni ma aur apne chhote bhai ka dhyan rakhna , cahe mein rahu ye tu baat barabaar hai aur tu chinta matt kar mein yeha sab dekh lunga aur samar ko kuch nahi hoga .

matlab meri baateion jitni seedhi lag rahi hai utni hai nahi aur na hee mere halat kyunki mein khud bhi ush waqt ye samjhane ki koshish kar raha tha ki akhir hua kya hai , mein ye baateion janta tha ki mere bhai ne ne uski hatya galti seh ki hai ,aur ush waqt ek SUB - INSPECTOR (SI) ke post per tha toh mein ye halat sambhal bhi sakta tha bash ush waqt mujher kuch saval utahye jaate ki aisha kyun ,apne kyun iski hatya ki aur sayad mujhe kuch dino ke liye suspension order bhi diya jata , per papa ye baateion kyun nahi samajh rahe thhe ,aur hame kyun darna ,aur mein aur mera parivaar apne shear ko chhod kar kyun jaye , sayad ush waqt hamare halat sudhar jaate per mera parivaar tutt jata kyunki agar smar ko jail hoti toh mein cah kar bhi ush vardi ko pehan nahi sakta tha ,kyunki mujhe vo ijjat hee nahi milti ,maine ye baateion bhi kaffi waqt tak sabse chupai thi ki mein ek SI hun ,kuch hee der mein police bhi vha aa chuka thi per samar ko apne satrh lekar jaane ke liye ,mujhe le jaane ke liye ,kyunki meri duty ka vo pehla din tha , per jab unhone dharamjit ki laashh dekhi toh bhi ush waqt darr gaye thhe ,matlab unki aawaz bhi ssedhi nahi nikal rahi thi ,aur vo mujseh yehi puch rahe thhe ki sir iski hatya kisne kar di ? aab toh ish sehar ko iske baap ke kehar seh koi nahi bacha sakta ,aur ishe maara kisne hai ? mein ush waqt unse bhi kayi saval kiya kaun hai ye kya tum log ishe jante ho ,sir ish gunde ko kaun nahi janta ,jisne bhi iski hatya ki ushe iska baap bilkui nahi chhodega , itni hee der papa vha per aa chuke thhe aur ham sab ko vha seh niklane ke liye bol rahe thhe ,aur mujhe ye smajha rahe thhe ki tum ish naukri ko abhi ishi waqt chhod do ,aur apne chacha ke ghar chale jayo aur samar aur apni ma ko vhi lekar jayo ,mein ush dino mein vha aa jayunga , tab tak purre mohalle mein ye khabar mein ye baat sabko pata chal gayi thi ki dharmjit ko kishi aur ne nahi samar ne hee maara hai , ush waqt ush chauki ke bakki afsar ne mujseh yehi baat kahi ki sir apke papa sahi bol rahe aab sab ko yeha seh ish waqt chale jaana chaiye aur ho sakte toh kabhi maat lautne ki koshish matt kijiyega kyunki CHAUDARY ANOP SINGH ka ye eklauta beta tha ,aur iske khoon ke badle vo ish purre mohalle ko rakh mein badal dega ,yeha ki khushiyan ek aishi khamoshi mein badal jayegi ki cahh kar bhi aap ushe dubara ish mehfil mein nahi la payege ,aap sab ko yeha seh jana hoga ,ish mohalle ko khali karo jaldi seh , ush din sirf mere parivaar per vo muhsibat nahi aayi tha matlab purre mohalle per aayi thi , ishliye maine ush waqt kuch zyada nahi socha aur papa ne mujhe jaisha kaha maine ush waqt vhi kiya , per mein unke halat janta tha ,mein ush waqt

aankheion padh chuka tha ki ye vaade jo unhone ish baar
hamse kiya vo kabhi nahi purre nahi hone vala ,matlab
papa kabhi nahi lautne vale ,kyunki ush waqt bakki ke
logge ne mujhe ye baat saff kehdi di thi ki chaudary anop
singh kishi ko nahi chhodne vala toh jitni jaldi ho aap sab
ish sahar kar chhod kar chale jayo , aur papa sirf mujhe
vha seh jaane ke liye nahi bola rahe thhe
vo apni qafas ushi waqt mahasoosh kar chuke thhe ,jiski
cahat unhe kabr ki mehfil mein mashoor karne vali thi
,ishliye maine ush waqt unse kuch nahi pucah ,na hee
kuch kaha , ishliye mein ush waqt majboor tha kyunki ek
taraf mera vo parivaar jisme meri jaan basti aur dusri taraf
meri naukri ,aur mera ghamand bhi aur papa ke sapne jo
mein ish tarah toh chhod kar nahi jaan vale tha ,ishliye
maine ush waqt papa ko yeha kaha ki ham sab chale jayge
per isse pehle papa aap meri sath thodi der baith jayo aur
pehle pani piyo , ush waqt jaan bhujkar maine unmein
chloroform ki golliyan usme mila di jishe papa pii kar
thodi hee der mein behosh ho gaye ,kyunki mein kuch
baateion mere papa ke baare mein unse bhi behtar janta ta
,vo apni jaan hame bachene ke liye toh ush waqt kurbaan
kar chuke thhe jab unhone hame jaane ko kaha aur khud
na cahte hue bhi apne parivaar ke liye unhone ye tay kiya
ki bhale hee mujhe maut mill jaye hisse mein per mein
apne parivaar per ek kharoch bhi nahi aane dunga , per
kehte hai khushiyan ki chaukth bhale hee suni per jaye per
jhamko ke kaale badal kabhi nahi chupte , ush waqt mere
pass do raste thhe ye toh mein khud ko kurbaan kar dun
,ye ush pita ko jismein mein apni purri duniya dekhta hun
, mein ye baateion acchi tarah janta tha ki chaudary anoop
singh badla zarror lega , yeh khoon ki nadiya yehi nahi
rukne vali kunki jo pratima uski mujhe sabne batayi yeh
jish fidrat ko mein ush waqt jann chuka sayad uski riwayat

seh ye baat jehan mein har waqt ghum rahi thi ki mujhe kaishe bhi kar ke apne parivaar ko bash usk parchai seh durr rakhna hai , maine ye soch liye tha ki agar farz seh pehle hee meri maut ho gayi toh ye purr kahani khatma kar hee marunga ,kyunki mein ush apne parivaar ye kabhi bhi khona nahi cahta ,bhale hee meri maut hisse mein kyun na likhi ,kyunki ush waqt ye baat sirf mujhe aur mere parivaar ko pata thi aur bakki ko kuch logg ,per chaudary anoop singh ko ye baat bilkul nahi pata tha ki uske bete ki hatya kishi aur ne nahi mere chhote bhai ne ki hai ,ishliye maine ush waqt ek aishi ranjish ki sururaat ki jisse na toh meri parivaar aage jakar kishi tarah ki mushibat aaye aur na hee mere bhai ko kishi mushibat ka samna karna pare ,ishliye maine ush wqt sabse ek hee baat kahi ki dharmjit ko maine maara hai , aur vha jitne bhi logg toh unse bhi yehi baateion kahi ki agar kishi ne sach bolne ki himmat ki toh meri maut ho cahe na ho ,usse pehle mein uski jaan le lunga ,en sab ke baad maine sab se pehle station gaya aur phir vha seh BANGALORE ki teen tickte katvayi ,aur phir ma papa aur samar ko subah ki trani pakda di ,aur ush waqt mein bhi unke sath gaya tha ,kyunki maine ma seh ye vaada kiya tha ki mein apke sath hee jayunga aur apke sath hee rahunga ,per ham sab ne ek sath hee train pakdi per mein apne parivaar ke sath kabhi BANGALORE gaya hee nahi , mein janta tha ki agar maine seedhe ye baateion unsi kahi toh vo mujhe kabhi meerut mein rukne he enahi dege , aur agar papa ko hosh aa gaya toh vo mujhe khud toh meerut mein reh jayge ush dard ko jehlne ke liye per vo mujhe kishi bhi tarreqe seh jaane ke liye majboor kr hee dege , waiseh maine bangalore ki tickets ishliye kharidi thi kyunki vha per chaudary anoop singh ki parchai cahh kar bhi mere parivaar ke kareeb kabhi na ja skati thi ,iske peeche bhi ek raheshya hai jisme kayi saval chupe hue hai vo bhi ek paasbaan ki tarah .

"KI MERI
HAR
FAROGH
KI SURURAAT
HAI TU
JO MEIN
APNE
LEHJE
MEIN NA
LIKH
PAAYUN AISHI
PECHAAN
HAI TU
AUR MANTA
HUN
KI
MERE
HALAT
KUCH THEEK
NAHI
HAI AAJKAL
PHIR
BHI MERI
RUHANIYAT
KI EKLAUTI
HAQQDAAR
HAI TU ."

II

GRAVEYARD PEACE

Jurm ek aishi mashuka hai jo marte dam tak hamari
peechan nahi chhodti ,cahe ye ateet mein ho ye bhavishya

mein ye cahe bhootkal mein iski saja ateet mein bhi vhi
rehti aur bhavishya aur bhootkal mein bhi ,per jo jurm
karte hai unke kiredaar badal jaate hai ,zindagi badal jati
hai aur khwaab ka toh kasoor hee nahi hai vo toh bahut
pehle hee sath chhod jate hai ,jab waqt ki pechaan badalti
hai toh log aksar badal jate hai aur unke rishte toh ush
khwaab ki tarah hote hai jo kuch waqt tak
ke liye toh ush waqt apke sath rehne ki koshish kare per
sahi waqt dekhte hee apki chaukath ko ish kadard chhod
jayege jiski soch bhi apke jehan ko nuksaan paucha sakti
hai ,bachpan se koi kqaidi nahi hota na hee jurm mein
hissedaar aur hota hai ,aur na hee jurm karne gunehgar ,
per saval ki kuch bairiyan hai jo aab bhi mere mann ko har
baar tatol rahi hai ki akhir jurm ki sururaat hoti kaha seh
hai ,agar ek khooni apne matlab ke liye khoon karta hai
toh jurm toh hai per uski sururaat kaishe hui ,kya kishi
cahat seh hui hai kishi farogh se ,ye kishi ke matlab seh ye
samja ki un baateion seh jiski parchai mein usne apne
bachpan ki har vo masumiyat mita kar rakh di hai jishe vo
aab bhi yaad karne ki koshsih karta hai ,kuch jurm aishe
bhi hote hai ish duniya mein jiski koi pechaan nahi
nirdharit nahi ki gayi hai phir bhi ham ushe jurm mante
hai aur kuch jurm aishe bhi hote hai jo saaf dikhte hai toh
per uske kasoorbaar aksar ushe jurm nahi mante , duniya
ki najar mein agar apne insaniyat gavai toh aap haivaan ho
gaye aur agar havinayiat gavai toh insaan ban gaye ,per en
dono mein aantar kaha hai ,kuc log aishe bhi hote hai jo
insaniyat ko cahte hai aur kuch log aishe bhi jo havinayiat
ki puja karte hai ,ravan jo ki ek danav tha per buddhimaan
bhi kuch log aab bhi uski puja karte hai toh kuch log uske
putle bana kar ramnauvi ke din jalate hai ,har jagah ki ek
alag pratha hai aur vishvaas hai ,matlab jo saksh
buddhimaan hai vo bhi danav hai aur jo saksh

buddhimaan nahi hai vo bhi danav hai ,achai ki yeha matr utni hee keemat hai jitni ki insaniyat ki hai aur burai ki utni hee keemat hai jitni ki ham jaan nahi sakte ,vigyaan bhi ye kaoorbaar hai aur prakirtik bhi ,kyunki agar hamne inme seh kishi ko bhi nuksaan paucahaine ki koshsih ki toh badle mein hame bhi utni hee nafrat naseeb hogi jitni hamne inse ki hai ,matlab saaf hai har jurm ki ek wajah hoti hai aur har kasoorbaar ke peeche uski zarrorat , jiski pass bal hai vo bhi haivan hai aur jo buddhimaan hai vo bhi haivaan hai , bash fark itna sa hai ki buddhimaan ki haivaniyat kabhi saaf nahi dikhayi deti per ushi jagah jiske pass bal hai uski havaniyat saaf dikhayi deti hai ,vo kehte hai na marne ki baad bhi agar koi cheez kishi ke jehan mein reeh jaye toh vo qafas bann jati hai ,jab ek sarrer apne ruhh ko alvida kehti hai toh ush waqt kayi logg maujood rehte hai ush samsaan ki aag mein ,vha vichar bhi karte hai ush sarre ke baare mein jiske aag ki lapte mein uske saare burre aur aache karme jal kar rakh bann jate hai ,bash agar kishi cheez ki khairat usske baad jinda rehti hai toh yaadeion ki kasuti rehti hai aur kuch bhi nahi

.

logg aksar ye baateion kehte hai ki jinda hu toh kadr nahi hamari aur agar marr gaye toh samsaan ki aag mein jala doge aur ushi rakh tum apni ek nayi duniya banayoge ,sayad ye baat sach ho sakti hai kyunki iske har ek sabd sahi hai ,jish tarah se manav jati ne apni duniya banayi hai yeh jish tarah seh ahamne apni duniya hai ,uski har deeware hamare ateet ke unhi lamho ko jivit karti hai jismein insaniyat ki koi pechaan shammil hee nahi hai ,sirf validaan ki vo yaadeion mashoor hai jishe ham cahh kar bhi itihaas seh mita nahi sakte ,kishi ne farogh ke liye ki hatya kar di toh kishi ne kuch raqam ke liye ,kishi ko rajya ki cahat thi toh kishi ko stree ki ,aur yehi per iski khairat nahi rukti , per aishi bhi baat nahi hai ki hamare purvaaj insaniyat ke nahi lade ,per kahi na kahi ush insaniyat ko paane ke liye hamne bhi ushi havanaiyat ki puja ki jisse hame behad durr rehne ki koshish karte thhe ,ek jurm mein kishi ki hissedaari shammil nahi hoti hai aur na hee vo kishi ke ahosh mein ush jurm ki sururaat karta hai ,aishi koi kahani hee nahi bani jiski sururaat mein koi pechaan na ho ,aur agar jurm ki hissedaari mein iski pechaani ko ham agar nikharne ki koshish kare toh toh iski bhi sururaat unhi kahaniyo mein seh ek jishe sururaat hee ek pechaan seh hoti hai jishe log kayi naam seh pukarte hai ,majbooriyan ,daulat ,ishq ,dosti ,rishtedaari ,ghamand ,aur bhi bahur sarri aishi khairat hai hissedaari mein jo maujood toh hai per ushe shammil karne ki koshish nahi kar sakta .

kuch log itihaas banate hai toh toh kuch itihaas bann jate hai aishi baateion hamne kayi baar suni hai per iske baad bhi kuch logg aishe hote hai jo itihaas banate bhi aur kishi aur itihaas mein milate bhi hai ,kuch sabdo ki pechaan aishi hoti hai jo sururaat mein toh aanti ki pechaan dikhati hai per asliayat vhi se ek aishi sururaat hoti hai jiske aant ki kahani aaj tak bani hee nahi hai .

jab ham ish duniya ki chaar deewaro mein khud ko mehfooz manne ki koshish karte hai tabhi ush jurm ki sururaat hoti hai jiski shiddat ush insaan ki har vo insaniyat mitane ki koshish karti hai jishe ham cahh kar bhi bhulane ki koshish nahi kar sakte hai ,per ham har waqt ushe jaanne ki koshish karte hai ,ek jigyasa bhi rehti hai mann bhi agar ish saksh ne apni barbaadi ki har vo buniya banayi hai toh iski sururaat hui kaha seh akhir mein ,log isse darte kyun hai ,kaun hai ye ? agar log ush saksh ko pechante hai toh ye lamji hai ki logg uski aadat aur uski fidrat ko bhi aachi tarah seh jante honge aur agar logg ushe nahi jante toh sayad koshish karte hai ,vo kehte hai na kishi jung ki sururaat ek taraf bilkun nahi hoti hai ye jab bhi hoti hai do tarfa hee hoti hai per iski sururaat aur aant ki pechaan bilku alag hai ,kyunki kuch logg hote hai jo iski sururaat karte hai toh kuch logg ishe aant karne ki koshsih karte hai ,per en dono ke beech ek aishi seema hai jiski cahat aur fidrat ye toh kishi insaan ko barbaad kar deti hai yeh kishi ko aabad , jab logg kishi ko badsaah banate hai toh vha ke nagriq ush badsah per bharosha karte hai ki ye hamare dukho ko hamse durr karega ,aur ye lajmi bhi hai ush pratinidhi ke liye ki vo apne logge ki madad kare ,per ush waqt ham sirf ush saksh ki insaniya dekhte hai havaniyat nahi ,aur na hee uske peeche chupe hue matlab ko .

zindagi mein matr do aishi jaagh mashoor hai jaha sukoon ke vo lamhe milte hai jishe ek insaan ki fidrat kabhi bhulne ki koshsih kar hee nahi sakti ,pehli ma ki gaud aur dusri kabr ki ,per en dono mein kaffi antar hai ek taraf ush ma ki gaud hai jo hame jeevan deti hai aur sukoon bhi aur ek taraf ush kabr ki gaud jo hame maut toh deti hai per sukoon bhi ,per mein inki tulna kabhi nahi kar sakta aur na hee kishe saksh ki talim aur ilm iski tulna kabhi kar sakti hai ,per inki mamta ek jaishi hai ,per khairat mein ek ruhh seh alvida kehti hai toh dusri ush ruhh ko apnati hai ,khair ye toh ush marg aur jeevan ki baat ho gayi jiske aant ki koi seema tay hai hee nahi aur na hee hisse mein sururaat ki .
bachpan ki yaadeion ka bada kasoor hai ,ye uski banabat ki ,kyunki kishi bhi jurm ki sururaat yehi seh hoti hai ,jiski pechaan seh ham itne durr rehte hai ki kabhi ishe

samajh hee nahi pate ,agar kishi ke jehan mein bachpan
seh kuch karvi yaadeion ne apna ghar bana liya ho toh
jahir shi baat hai ki uski yaadeion toh jehar bann kar ushe
qafas ki har vo dard dene ke liye tayar rehti hain jiski
wajah seh uski masumiyat ushi waqt usse durr jaane ke
liye tayar ho jati hai ,aur aage chalkar ek waqt bhi aata hai
ki jish jagah jo ham apne aashiyane ki pechaan dete hai
aur ush mehfooz kehte hai ,ushi ki yaadeion hamare liye
maut bann jati hai ,waiseh toh jurm ke kayi pehlu hai jish
ham dekh kar ye samjhane ki koshish toh kar sakte hai ki
iski sururaat kaha seh hui per uske aant ko ham kabhi
nahi pechaan sakte ahi ,kyunki maut sirf ek seema hai
aant nahi vo bhi ush jurm ke liye ,kayi logg atae hai aur
kayi jaate bhi per unmein seh kuch hee logg aishe hote hai
jo apni chaap chhod jate hai ,cahe uski sururaat insaniyat
seh hui ye havaniyat seh .
kuch jhakm hote hai jo waqt ke sath bhar jate hai aur
kuch jhakm aiseh bhi hote hai jo badh jate hai per inse seh
bhi aloag kishi ki talim jiski fidrat na toh badhne ka kaam
aur na hee kaam hone ki uski aadat hai ,kyunki vo ek jehar
hai ,jishe ham apne dil seh toh ek baar nikal sakte hai per
jehan seh kabhi nahi ,vo har waqt hamare sath hee rehti
hai hamse baateion karti hai ,hamari parvah bhi karti hai
aur hame nuksaan bhi pauchati hai per ushe koi pechaan
nahi pata kyunki uski pechaan hee adrishya hoti hai jish
ham mahasoosh toh kar sakte hai per kabhi ushe pechaan
nahi sakte aur jish din uski pechaan smane aati hai ush
hamari zindagi hee hamare sath nahi rehti ,waiseh ek
aishe saval ki sururaat mein aap sab ke samne karne vala
hun jiski khairat thodi ajeeb ahi aur uski tamana bhi
,kabhi waqt ko aayne mein dekha hai ,kya kabhi uski
pechaan kishi ne ush aayne mein dekhne ki koshsih ki hai
,aab log ye bhi ki kaisha pagal insaan hai bhale koi waqt ko

aayne mein kaiseh dekh sakta hai ,per itihaas gava hai kii aksar jinhe duniye pagal samjhati vhi logg kuch aisha kar jate hai ki uske baad purri duniya ushi ko dkehti hai .
jish tarah ham khud ko niharne ke liye matlab khud ki sakal dekhne ke liye ham ush aayne ka prayog karte hai waqt bhi ushi tarah khud ki pechaan ko dohrane ke liye uska prayog kart hai matlab nahi samjhe ?

vo kehte hai agar kishi ki sururaat ateet mein hui toh waqt ke sath uski pechaan bhavishya aur vbhootkal mein bhi zarror hoti hai ,aab saval hai ki phir bhi waqt aur aayne ek dusre seh itne mulajim kaishe hai ki waqt apni pechaan ush aayne ke sahre dekhta hai ,ham ush aayne mein vhi dekhte hai jo ham asliyat mein hai aur voi aayena bhi ushi pechaan ko hamare samne lata hai jo ham asliyat mein hai ,waqt ke raste mein bhi iski pechaan vhi hai jo bilkul hamare cehre ki tarah hai ,asliyat mein agar ek baat kahu toh waqt ki pechaan kabhi badalti hee nahi hai ,badalte logg hai aur unki fidrat bhi aur ushi badlaab ko hamne hee un teen hisso mein baat diya jiski khairat asliyat mein sirf ek hai .

"TIFL

KI PECHAAN

AAJ PHIR

KHO CHUKA

HUN

HISSE MEIN

JO

FATEH

THI USSE BHI

DURR HO

CHUKA

**HUN
AUR AAB
KISH SIYAASAT
KI BAATEION
KARU MEIN

JISHE
EK HAADSE
MEIN
BAHUT PEHLE
HEE KHO CHUKA
HUN .
KI
WAQT
KE SATH HAR
VO JHAKM
BHAR CHUKE
HAI
PER UNKI
YAADEION
AAB BHI
MASHOOR
HAI
AUR JISH
SAKSH
KO
MEIN HAR
WAQT
BHULNA
CAHTA
HUN
AQEEDA
USKI PECHAAN**

AABHI
BHI
MERE HISSE
MEIN MAUJOOD
HAI."

ek insaan bhale hee marr jaye per uske karm kabhi nahi marte cahe vo aaceh ho ye burre vo har waqt bash uske sath rehte hai ,aur uske kareeb rehkar hee ushe aage aur peeche badhane ka kaam karte hai ,ye ek tarah aishi aadat hai jo logge ko tab lagti hai jab vo sab kuch bhul kar khud ki pechaan ko dhundne nikalte hai ,kyunki kabr ki khaiarat bhi tabhi purri hoti hai jab uske anadar kishi ki ruh aazad hoti hai aur sarrer ko kaid milti hai ,waiseh ye kahani ush nayak aur khalnayak ki jiski zindagi ush pittal ki tarah thi jishe log ravan bhi samjhate thhe aur ram bhi kyunki waqt ne ek aishi ranjish ki thi ush ek saksh ke sath jismein uski har vo yaadeion fanna ho chuki hai jiski vo kadr karta tha ,aur ushe cahta bhi tha ,logg kabhi burre nahi hote aur na hee unki fidrat kabhi burri hoti hai ,per jo talim unhe har jagah ye samaj ke kuch kathore sabdo seh milti hai sayad vhi unke jehan mein ek jehar ki tarah shammil ho jati hai ,bachpan mein ham kabhi ye nahi sochte ki ham aage kya karge ,matlab ish duniya mein janm toh liye per jo zindagi hame mili hai ham ushe aage kaishe badhayege , per jaishe hee soch badhti hai sarrer ki khairat bhi badhti hai aur jab dono ki farogh badhti hai toh jurm aur insaniyat ki bhi sururaat hoti hai ,waqt ke sath har kishi ki fidrat nahi badalti bhale hee uski cahat hee kyun na badal jaye ,khair mere sabdo ki khairat yehi tak kyunki ush safar ki sururaat toh bahut pehle hee chuki jiski raahon mein ham sab ko ek mushafir banne ki talim hassil karni hai .

III

CONDITION OF RETRIBUTION

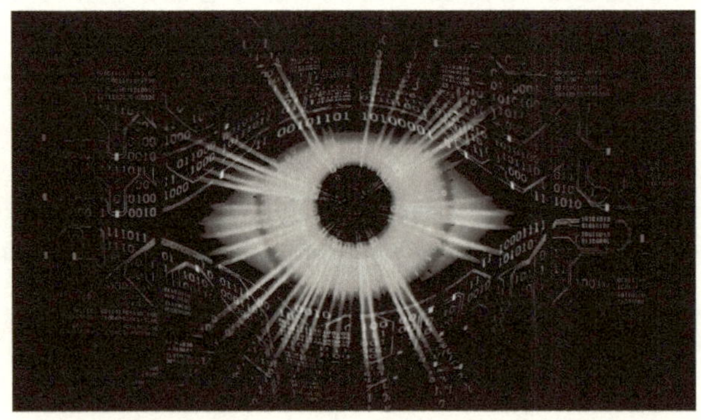

Safar agar khatm ho jaye toh ham apni manjil ko bhi
chhod dete hai ,aur un raasto sh bhi durr ho jate jinper
chalakar hamne apni zindagi aishe bhi halat dekhe hai
jinper chalna toh aashan tha per vha rukna bilkul aashan
nahi tha ,nafrat koi deewar nahi hai jaisha ki logg kehte

hai , nafrat toh vo wajah hai ek aishi ranjish ki jiski wajah seh log apni insaniyat bhi bhul jaate hai , agar badle ki cahat toh khud ko insaan kehna chhod do ,agar maffi ki riwayat hai toh insaniyat ke kadam chum lo , logg ye bhi kehte hai ki agar tum per ye beeti hoti toh sayad tum ye baateion kabhi nahi bolte ,kya kishi dard ko sehne eh kya hame bhi vhi nafrat naseeb hogi jiski baateion ye samaj karta hai ,waiseh ye samaj hai kaun ? mein toh inhe nahi janta aur na hee meinn inse kabhi waqif hona cahta hun ,kyunki jish asool ko unhone ne banaya hai ,mujhe nahi lagta ki unke ye adarsh kishi ki jaa bacha sakte hai ,ye kishi ko aage badha sakte hai ,mein samaj ki baateion kyun kar raha hun vo bhi ish kadar jab mein ek aishi manjil per aakar rukk chuka jaha meri kabr mujhe gale lagane ke liye tayar hai , iske peeche bhi ek raheshya hai per uske pehle jo fidrat adhuri hai meri aatmakatha mein pehle uski manjil toh tay karne ke liye hame sih safar ko aage badhane ki zaroorat toh lajmi hai na .

ush din maine apne purre parivaar ko banglore toh bhej diya ,vo bhi ye soch ki vo vha mehfooz rahege ,kyunki na toh unki ush waqt kishi ko thi aur na hee kishi ko ye bata pata thi , per mein janta tha ki agar ish waqt hamare halat nahi shudhre toh sayad kabhi nahi sudhar payge , ush waqt chaudary anoop singh ko ye baat pata bilkul nahi thi kis uske bete ki maut ho chuki hai aur na hee iski kishi ne kahabr di thi ,ishliye maine socha ki isse pehle kishi ko ye bhanak bhi lage ki dharamjit ko mere bhai SAMAR ne maara hai ,usse pehle hee maine uske purre sarrer ko jala diya vo bhi ek aishi jagah per jakar jaha per parinde bhi bahut soch samajh kar aate thhe ,matlab ek chhoti shi factory mein jo ki meerut sahar seh lagbhag 15 kilometer dur thi ,sayad vo ek oil factroy thi jo ki kaffi lambe waqt

seh band thi , aur isse pehle cahuadary annop singh ko ye baat pata chalti ki uske ekalaute bete ki maut ho gayi ,isse pehele hee mein usse ush waqt milna chala gaya per apni vardi pehan kar ,kyunki mein janta tha ki agar ushe ish baat ki bhanak bhi lagi ki uske bete ki maut mere bhai ki wajah seh hui hai toh vo mere parivaar ko marne ki koshish karta ,per mein uske ghar jaiseh hee gaya vo bhi ushe ye batne ke liye ki dharamjit ki maut ho gayi hai ,usse pehle hee papa vha maujood thhe ,aur vo dono ek dusre seh baateion kar rahe thhe vo bhi ek aishe lehje mein jishe dekh kar mein purri tarah hairaan ho chuka tha , jo baateion mein kehne vala tha usse pehle hee papa ne vo sarri baateion chaudary anoop singh seh keh di , per jo baateion unhone ush waqt kahi thi ,sayad koi aishi ranjish ki mein kabhi vo un baateion ko apne kaano seh sun hee nahi pata ,kash ush waqif nahi ho pata unki fidrat seh jiske cehre ki talim mere liye mohabatt bhi aur badle ki cahat bhi per vo baat akhir thi ki jo papa ne chaudary anoop singh ko kahi thi ?
iss ephele mein apnie badle ki cahat ko aage badhane ki koshish karta uske chaudary anoop singh ke logge ne mujhe dekh liye ,aur vo unhe uske aandha dhun firing bhi ki ,kyunki chaudary anoop singh ko ye lagta tha ki uske bete ki hatya maine ki hai ,aishi baat nahi hai ki mein ush waqt unse ladd nahi skata tha yeh jo gooliyan unhone ush waqt mujhper chalayi thi vo bhi mujhe marne ke liye , cahta toh uttar mein bhi de sakta unse badla bhi le sakta tha ,per ush waqt mein jsih kaifiyat mein tha sayad ush waqt mere hathon seh gooliyan chalti hee nahi , matlab itne baade dhoke ki kabhi aash hee nahi ki thi vo bhi ushe saksh seh jishe mein apni purri duniya manta tha ,unhe sirf pita nahi khuda manta tha , jo lahza ye jo dard ki har vo yaadeion unhone ush waqt mujhe saupi thi , mein cahh

kar bhi unki qafas aur unke dard seh khud ko aazad nahi kar sakta tha ,umeed kho tha apne jeene ki ,maut agar ush waqt mere sath bhi toh mein ushe ush waqt alvida bhi nahi keh skata tha ,kyunki jish baap ne ungli pakad kar chalna sikhya hai ,meri har vo fidrat aur aadat ki talim ko ek aishe maqaam per pauchaya hai jiski khushiyon ko dekhkar mein khud ko mehfooz kehta samjhata tha ,aaj uski har ek yaadeeion mujhe khud seh hee durr karne ki koshish kar rahi hai ,maine suna hai ki waqt ke sath logge ke halat badalte hai per ush ek pal mein meri toh purri duniya hee badal gayi ,akhir kyun kiya unhone ne aisha ? kya kasar thi meri mohabaat mein unke liye ki unhone apne ek bete ko bachane ke dusre bete ko jeete ji marr diya , aur sayad mein toh unka apne khoon bhi nahi hun , mein ush waqt yehi soch raha tha ki ye koi ranjish ush khuda ki , kyunki jish p mujhe chalna sikhaya tha ,vo spane dikhaye thhe jinse mein durr tha , mujhe pane kandho per baithkar purri duniya ghumane ke hazar vaade kiye thhe aaj ushi pita ne mujseh meri duniya hee cheen li , khair ye baateion sayad mein ush waqt khene ke halat mein nahi tha per aab savar chuka hun ,khud ko itan kabil bana chuka hun ki unke dard bhi aab mujhe har waqt jeene ke liye ek mashorro riwayat de jate hai .

20 minutes before ....

jab mein vha chaudary anoop singh seh milne gaya vo bhi ushe batane ke liye ki apke bete ki kishi ne hatya kar ke doshi faraf hai tabhi ush waqt maine vha papa ko dkeha ,pehle toh mein unhe dekh kar hairaan ho gaya tha kyunki maine ush waqt apne hathon seh panni pilaya tha jismein nashe ki gooliyan bhi mili thi ,aur unhone mere smane hee ushe piay bhi tha aur vo ush waqt behosh bhi ho chuke thhe ,per vo itni jaldi kaiseh jagg ,maine toh ush waqt ye soch liya tha ki dharmjit ki maut ki khabar chaudary anoop singh ko lag gayi hai , per isse pehle mein kuch aur sochne ki koshish karta ye apne parivaar ko mehfooz rakhne ki riwayat karta ,maine kuch aisha dekha jishe dekh kar meri aankheion bhi ush waqt andhere ki qafas mein kaid ho chuki thi, vo dono aapas mein gale mill rahe thhe aur ush waqt papa ne chaudary anoop singh ye baateion kahi ki uske bete ki hatya maine ki hai(matlab aksh pathak ne) ?aur vo jaan bhujhkar mere samar ko apne jal mein fasha raha hai ki tumhe ye lage chaudary ki hamne tumhare bete ki hatya ki hai , vo toh mere khoon bhi nahi hai , kishi gandi naali ke keede ki paidaish hai ,maine toh bash ushe raste seh uthaya tha ....

isse aage kuch sunne ki himmat hee nahi hui ,bash itna smajah chuka tha ki yeha apne bhi dhoke dete hai , matlab ush din ek aishi haqqeqat dekh chuka tha ki khud mein mahroom tha mein ,kya karu kaha jayun ? kisse ladu aur kiske liye ladu , apne ke liye jinhone meri kabr apni mehfil mein bahut pehle seh hee saja rakhi hai ,ye unke liye jinhone mujhe har vo khushiyan di hai , vo aachal ,vo mamta , vo yaadeion ,vo pyaar , aur sab kuch jiski khairat bhi mein en paano per likh nahi sakta , kehte hai ek parivaar vo hot hai jo apke har halat mein apke sath rehta hai ,apki har mushibat mein aapko kabhi kamjoor nahi hone deta ,aur cahe kabr tayar kyun na ho maut ke liye per uski shiddat bhi ush waqt apko ush kabr mein tham jab tak vo rishte apke sath ho , en sab ke baad meim vha seh bhaag gaya , kyunki jung ki sururaat toh pehle ek taraf hui thi per aab iski khairat do hisse mein furqat le chuki hai ,yer toh meere hisse mein kabr tay ki jaye ye toh unke hisse mein ....

waishe isse pehle mein harr jayun ,un rishto ke aage jinki parchai seh bhi mere jhakm bhar jaate thhe , mein kuch kehna cahta hun ,kyunki mein apni kismat likh chuka tha ki mein unse jeetne nahi vala ,ye ek taraf fateh hai unki jo maine unke hisse mein di hai vo bhi ush mamta ke liye jisne beshummar mohabatt di hai mujhe , sayad akhir safar ho ,per usse pehle ,maharbharat mein vasudev krishna ne arjun seh ye baat kahi thi agar tum dharm ke paksh mein ho toh apne hatiyaat uthayo aur apne parivaar seh lado , syaad uski khairat aab mere hisse mein per mein ish jung mein harna cahta hun ,kyunki mein purrin duniya seh ladd sakta hun per apni ma ki mamta seh kabhi nahi ....

"KI THAM
LO
SARRER KO
NAFS
KI
MURAAD
HAI
SAKLE
SAB KI
AAM HAI
PER DIL
MEIN
SAITAAN HAI .

"

www.ingramcontent.com/pod-product-compliance
Lightning Source LLC
Chambersburg PA
CBHW020852160726
47993CB00004B/1626